KB118195

달의 코르크 마개가 열릴 때까지

문학동네포에지 007

진수미 시집

달의
코르크
마개가
열릴
때까지

시인의 말

기다림은 차고 넘친다.

너의 도착은 언제나 연착이었다.
예측출발 금지.

2005년 8월
진수미

개정판 시인의 말

마음껏 상상하렴
마음껏 달아나도 좋아
금지가 사어인 마을에서

우리 다시 만나자

2020년 10월
진수미

차례

제1부

시실

시체공시소의 여자들
새빨간 여행가방은 그녀들을 에워싸죠

고드름, 장갑을 벗어라
지시가 내려와도

그녀들은 이미 말을 떠났어요 다른 레인의
먼지를 긁으며 질주하는 저 말들

어떤 등에 올라설까 저울질하는 고개를
두 갈래 발굽은 사정없이 짓밟고
혓바닥도 두 갈래 길이 나뉘죠

곧 바퀴들이 땅을 박차고 오르거든요

이건 장갑이 아니랍니다
허공의 여자들

아무도 그 말은 듣지 못해요
고드름 손가락은 가방을 끌고
바퀴들은 달, 달, 달 허공에 길을 묻지요

무성 만화 상연기
―H의 응시

높은 음역에서 뛰어내리면서 그가 노려보았다. 자다가
나는 벌떡 몸을 세웠다. 기다란 속눈썹 사이 눈동자가 비
웃고 있었다. 시선에서 긴 꼬챙이를 꺼내더니 말풍선을
모조리 터트리는 것이었다. 난 아무런 말도 못 하고 줄줄
새는 물방울을 쳐다보았다. 물인가 했더니 침이었다. 천
년 묵은 만년 묵은 호박이었다. 방울마다 내가 키운 벌레
가 갇혀 있었다. 칸칸이 건너뛰면서 보따리에 푹푹 검을
넣었다. 호박 내부가 여지없이 헤쳐지면서 숨겼던 벌레
들이 풀려났다. 보였던 말들이 들리기 시작했다. 젖혀졌
던 귀들이 부르르 떨었다. 모두가 고개를 저었다. 얼굴이
홧홧 달아올랐다. 나는 낡은 벌레를 견딜 수가 없었다.
풍선의 꼬리를 반대 방향으로 돌려버리고 의자 밑으로
기어들어갔다. 벌레들이 파닥거리며 분절되지 않은 소리
들을 우물우물 씹었다. 제복 차림의 노파가 다가와 따각
목덜미에 구멍을 내더니 다음 칸으로 문을 열고 사라졌
다. 임자 없는 풍선이 떠다니고, 공테이프 (스크래치) 돌
아가는 (스크래치) 이어폰 소리.

그러다가 어느 날

유방은 부풀어오른다 터질 듯이 고요한 프로펠러
갈증을 느낀 비행선이 그림자를 몰고 나타난다.
보라색 태양일랑 내가 오려냈다오.

승냥이들이 거품 무는 파도가 쫓아오고
내장 없는 배의 항로를 걱정하는
어머니, 이 배에 앓는 항구가 누워 있어요.

사랑스러운 임차인들아,
나는 그들에게 돌려줄 것이 있다오.

당신의 장기를 물어뜯는 거리의 개들
적선은 더 큰 바람을 부를 거예요.

소유를 짤랑이는 열쇠와 함께
집달리들이 득달같이 들이닥친다.
그들은 신부의 의상을 하고 있어요.

냉장고는 머리가 깨져 시큼한 국물을 지리는데
벌레들이 바람의 커튼을 흔들며 날아올라요.

뒤엉킨 서랍의
껍질 벗고 교미하는 실뱀 한 꾸러미,
그들은 신부의 의상을 하고 있어요.

테레사 학경 차*를 위한 받아쓰기 예제

시든 머리통이 쓰레기통에 꽂혀 있다 마침표 괄호 열고 고막들이 토악질을 시작한다 닫는 괄호 부러진 손목은 흐늘거리며 네 경악을 만류하는 듯하였다 마침표 장딴지가 최후의 경련을 수용하는 순간 쉼표 외침은 찬란한 살의 문턱에 서서 괄호를 열고 이 난은 기재하지 마시오 괄호 닫기 한밤에는 시각장애인용 음향신호기가 이십이 분에 한 번씩 작동된다 마침표 비상구로 통하는 충계참에서 나비의 허물을 헤아리며 나는 어디로 왔지

?, 거울을 뚫고 날아오르는 새들을 멍하니 바라봅니다. 행간마다 적재된 비명들이 뛰쳐나오고 젖은 발부터 녹아 흐르지만 아무도 깨닫지 못합니다. 녹색 불이 켜졌습니다. 건너가도 좋습니다. 복자(伏字)들은 얼굴을 가린 채 비명 하나로 태평양을 횡단합니다. 사람들은 데스마스크를 쓰고 있습니다. 버려진 얼굴들이 날카로운 조각으로 뻘창을 찌르고 더러는 깨어진 눈으로 다음 신호를 응시합니다. 흐린 하늘이 부서진 발을 조심스레 들이밉니다.

* 테레사 학경 차(1951~1982): 한국명 차학경. 부산 출생. 열한 살 때 미국으로 이민. 문학, 개념미술, 퍼포먼스, 신체예술, 비디오예술 등 다방면에 걸쳐 활동. 결혼 직후 집 근처 주차장에서 피살됨. 주요 저서로는 *Dictee, Apparatus*가 있다.

냉장고 소년

이 속은 환한데? 이곳은 환한 내부.
멀리 안 가도 되겠어, 엄마
어떠한 환속도 우릴 기다리지 않고,

이곳은 진짜로 환하군. 강보에 싼 아가들이 유골로 박혀
있군.
신문지로 둘둘 말거나 쇼핑백에
대충 접어 넣지 말아요. 아기는
버리실 때에도 예쁘게,

조심하거라. 잘못 짚으면 와르르 무너질 거야.
이 방엔 산발한 어머니가 참 많이도 매달렸군.
배곯은 아기 울음은 나를 흥분시키지,
유두 끝에 물큰 침이 돌지.

콩들이 쏟아진다. 얼어서 뭉쳤던 모조 눈알도 쏟아진
다. 소년은 제 불알을 놀듯 어미의 젖을 잡아당긴다. 찬
란한 오색 젖이 뿜어지고 흰개미들이 얼른 길을 덮는다.
나는 송사리야. 물살에 머릴 박고 꼬리를 살래살래 치며
엄마, 이곳은 납골당이지? 나는 부장품인가? 엄마, 이곳
은 늘 환하고 언제나 곡소리를 모방한 음악이 흐르는군.
곡을 따라 내 유두엔 어느새 머리칼이 자랐군.

아비뇽의 처녀들
— 미혜·지혜·우주와 함께

욕조에 누우면
하늘로 통하는 천장을 가진
사랑하는 욕조에 몸을 누이면

발 뿌리 끝부터 스며드는 열기 속으로
걸어오는 한 여자가 보인다

먼지에 엉겨붙는 찰진 물방울이며
기어코 왼몸으로 육체를 이탈하는 터럭이며를
바라볼 때면 그렇지
알 듯도 하고 모를 듯도 하지

사포는 아니고
나혜석도 아니고
성모마리아는 더더욱 아닌

출렁이는 젖가슴과
늘어진 둔부를 가진
닳을 대로 닳은 한 여자가,

사랑하는 욕조가 낳은 무심한 손가락 장난이
넝쿨째 천장을 타오르고
남 모르게 벌어진 꽃봉오리가
스멀스멀 하초의 윤곽을 더듬을 때면

폭죽처럼 작열하는 저 물방울들

결코 눈을 떠서는 안 되지
서걱서걱 홀몸으로 다산하는 잡풀들이
저물 때를 알지 못하는 오만한
해바라기가 허무는 하늘 구멍으로
노오란 불똥을 던지며 달려드는데

윤복희를 사랑하고
정윤희를 사랑하고
간통죄는 더더욱 사랑했던 한 여자가,

묻는다 으스러지라고 달려들며
너는 왜 이 순간에 여자만 떠오르는가
여자만 떠올리는가

사랑하는 나의 욕조들, 일제히
눈을 뜨고 웃음을 터뜨린다

두려운 게지 너는
거울을 에워싼 수증기가 몽땅 달아날까봐
육체를 이탈하는 터럭처럼
먼지에 집착하는 운명의 물방울처럼

제2부

낭떠러지에는 비명이 살고
비명을 삼키려고 그들은
벌린 입아귀에
주먹 대신 나무둥치를 쑤셔넣는다.
비명을 받아먹으며
낭떠러지에서 사육되는 나무들의
유일한 취미는
추락하는 자의 옷자락을 거머쥐는 것이다.

놓아줄까 말까 그들이
낄낄대는 동안 절벽의 여행자는
눈을 감지도 뜨지도 못한다.

달의 코르크 마개가 열릴 때까지

월말의 출납계 창구

그의 널뛰기는 침목의 어둠 속으로 들어간 개미 새끼라
니깐요,
그의 개미는 침목 틈새에 끼어 있는 과자 부스러기를
찾는다니깐,
부스러기들이 머리를 숨길 때마다 사방으로 그가 흩어
진다니,

우리는 숨죽이고 가만히 있었어요.
침목 위로 바스러진 이빨들이 쏟아졌어요.

그가 의도한 널뛰기의 새로움은 발랄하고 파격적인 구
두 징이라서,

우리는 숨죽이고 가만히 있었어요.
구멍 뚫린 잇몸 속으로 녹슨 낙뢰가 꽂혔어요.

이백사십구 번 손님, 2번 창구로 오세요.
땡-동 그의 널뛰기에 불이 켜지면
백발의 다족류들이 사방에서 모여들 거라니깐요.

안녕하세요, 이백오십육 번 손님.
번호표를 던지고 일어나
우리는 번개처럼 스타킹을 꺼내 쓸 거예요.

24

땡-동 이백오십칠 번 손님.
눈송이가 경마권처럼 흩날리고 있어요.
우리가 격파한 종이들을 보세요.

땡-동 이백오십팔 번 널뛰기의
개미 새끼와 과자 부스러기님.
안녕하십니까, 1번 창구로 오십시오.

자정의 젖은 십자로

인어들이 살고 있었다
막힌 길도 뚫려서 나가는 배수구

너무 아름다워 죽은 거라 생각했다
차가운 생선의
눈알이 유리를 쪼고 있었다

하마터면
붉은 아가미에 손을 넣으려 했다

안 되지 안 돼,
잡균이 득시글거리는 물 안

감탄부호를 앞지르는 그녀들

지느러미가 하느작거리는
어느새 꼬리를 보이며 등 돌리는

아가미를 따라 할딱거리다
액셀러레이터를 밟고 만다 전신이 퉁겨지는

순간,

부레가 떠오르고 그는 매어달린다

필사적으로

비웃듯 물방울로 흩어지는
그녀들,

결코 따라잡을 수 없다

수리공

구두가 아니다! 남학생 둘이 외쳤다
골목은 소임을 마친 후 사라지고

구두는 구두가 아니더니 대담해졌다
거대해졌다 옛날의 내가 아냐
부푼 배를 내민다, 구겨진

빵 봉지로 갈아탔다
부스럭 (구두) 소리에 유의하시압
쓰레기통이 웅얼거렸다

카세트리코더다!
발가락들이 몰려갔다, 거대한 (구두) 대신
발가락 대신 새까만 개미떼
지문이 해체되고 올올이 풀어진다

발을 뗄 때마다 검은
바이어스가 줄줄이 따라 나왔다

이상한 구두를 신고
내가 있었네
발톱을 뽑아당겨 현을 퉁긴다

명찰 없는 남학생들이 골목을

지우다가 화다닥 도망간다
출석부를 펼쳤다

— 고장난 카세트, 텔레비전 고쳐요오오
지워진 이름 위로
수염 난 목소리가 듬성거렸다

판결

콧속에 말려들어간 두루마기라면 자세히 말할 수 있다
재채기를 해도 요지부동
구름의 유전자 암호를 읽을 수 없듯이
딱딱해진 바람 덩어리

이정표처럼 예민하고 뾰족한
그것이 떨어져나간 건 절대 그의 탓이 아니지
두루마기가 모습을 드러낸 것도

부러진 코 조각을 쓰레기통에 버린 일
너는 부주의한 하녀를 의심하겠지만
그녀를 다그칠 수 없겠지 너와 그녀는 한몸이니까
한몸이니까

너는 어떠한 언어도 저지할 수 없다
봇물처럼 콧속에서 뛰쳐나온
아흔아홉 갈래
꼬리마다 불이 붙은 암말들

사제도 떠난 고해소의 어둠을 부인하듯이
그 어떤 입술도 소리의 형상을
녹취된 심장의 고동 소리를
추적할 수 없을 거야 이 건은 너의 패소야
완전한 너의 패소지

말머리가 허공을 쳐올리고 푸른 콧김을 내뿜는다
실종된 자모들이 하나씩 돌아온다 자판이 춤을 추고
두 귀는 부복한다 오,
발가락들도 무릎을 꺾는다

인간이 모자를 만든다

모자가 인간을 만든다*
했다. 예와
아니요 사이에
무한히 건널 수 없는 다리가 있다.

내가 본 건 개폐교였다.
바지선이
침묵의 밑금을 드러내며 서 있다.
아무도 발을 구르지 않는다.

인간이 모자를 만든다.
미켈란젤로도 만들고
케테 콜비츠도 만들었다.

누구도 쓸 수 없는 모자다.
쓰면
'내'가 사라진다 했다.
아무도 사라지지 않는다.

당신은
모자 안에서
자신의 눈을 들여다볼 수 있습니까,

모자는 만드는 동안에만 모자다.

아무도
미래로부터 생환해오지 않는다.

* 막스 에른스트, 〈모자는 인간을 만든다〉.

낙장불입

수도꼭지의 밭은 트림
단단한 어둠에 머리를 들이밀다
크어억—ㅋ
녹슨 몸엣것을 한차례 떨구다

나는 찌그러지는 얼굴을 집어
들고 터널 속을 달린다
붉은 물이 한 땀 두 땀
흘러온 길들이 따라온다

사이렌이 불규칙한 간격으로 거리에 투하되고
그렇다 나는 어둠과 친한 물 단풍의
한 잎새 어느새 끝물이다
무분별한 입자들로 에워싸여
그대의 욕조 위에 쏟아진다
검붉은 침을 흘리며

이 페이지는 전면이 피로 뒤덮였소
달의 개짐에서 뭉클한 빛이 붉게
붉게 반사된다

헐어진 족보 책을 읽듯 거리는
잎새들을 쥐었다 펴고 다시 한번 뒤집어보는데
관리인 아저씨가 낙장들을 주워모아

불을 당긴다

폭식과광기의나날*

떠밀려먹는다이게아닌데끓는
용광로알수없는무엇이치미는데
끝없이헛헛한소용돌이채
워지지않는
혓바닥이나를채우는데
화장도지우지않은채
내가삼키는건똥이다채
삭지못한모락
모락김이나는항문이다
후루룩쩝쩝거대한손이
나를내몬다보이지않는손
내가관여할수없는
세계와내가움직일수없는진실이
엿먹일수없는
확고부동함이먹고
먹인다
안으로만쌓인다안으로만
고인다안으로만굽는
음지로의굴광성이애초에손
잡을수없던빛
쉐에─액독기로올라
엉덩이만까내릴것이다
안으로만빙
빙굽어드는내향성의분노

나는누군가

＊이승하의 시집 제목『폭력과 광기의 나날』을 변용함.

내 마음의 풍차

형, 나 이상한 애를 알게 됐어
아주 작은 애야 형 허리춤에 찰걸……
(철커덕, 동전 내려가는 소리)

　　쿡, 이상한 취미 붙은 게구나
　　너 걔 에미 젖비린내에 반한 거 아니냐

그게 아냐 형
등에 혹이 하나 달렸어
형 머리만해, 그래서 허리가 휘었어
너무 무거워 보여
어떻게 떼줄까 항상 생각하는데…… (철커덕)

　　지랄하지 마 새꺄
　　노트르담의 꼽추 새로 찍냐
　　킥, 계집이 콰지모도라 거, 재밌는데

그렇게 말하지 마
젖은 눈…… 아주 그런 얼굴로 날 봐
아주 묘한…… 형, 그럼 내가 막 (철크덕)
녹아내릴 것 같아

　　야, 육갑 떨지 말고 내 말 새겨들어
　　너는 온전한 줄 알아 (철크덕)

병신이 끼리끼리 모여 지랄 말고
빨랑 집에나 들어와

그러지 마 형
어제 걔 등에서 푸드득 새가 날았어……
　　이 새끼가…… 정말 돌았나…… (철크덕)

……몇 개 더 부화하면 집을 만들어야겠어

　　어쭈― 점점, 환장하네
……곧 날 수도 있겠지?
　　야! 성질 긁지 말고

그럼 형에게도 몇 마리 날려줄게…… (철크덕)
　　동전이 끝나나봐 형, 형? (급하게)
　　　　마지막인데, 어,
　　　　　　(암전)

컵 슬리브

이것은 은유입니까? 뜨거운 소매를 들고
슬래브 위를 걷는다. 맹인의 손톱에는
날개를 닮은 소용돌이가 퍼져 있다.

이 지붕은 푸른
이끼의 기억을 간직하고 있군요.
발가락 새를 간질이는 낮은 허밍들

이것이 은유입니까? 슬래브 지붕을 걷다가
반쯤 퓨즈가 나간 맹인의
푸른 눈알을 보았다. 태양의 아이들이
소매 안에서 빙글빙글 돌고 있다.

아무것이나 붙들고
날아갈 수 있지, 우리는

조금 더, 아주
조금만 더 튜닝이 이루어진다면,

거의 날개에 가까운 소맷부리나
거의 음악 같아진 소음을 만날 수 있지

아이들은 파안대소하는 맹수의 목젖
고수머리는 잡히지 않고 도르르르 손가락을 말아올린다.

제3부

처용 단가

처용이 왔다
한없이 작아진 처용이
한없이 어려진 처용이
곤두박질 달려왔다
그렁그렁 잠긴 얼굴을
치마폭에 던진다
한없이 어려져
한없이 좁아져
어깨 하나로
꺼이꺼이 운다
천년 전 그 밤도
무서웠다고
오늘처럼
오주주 공포였다고

그물 고양이

양말을 벗고 뒤로 걷는다.
발꿈치가 서서히 내려앉는 느낌
너는 고양이처럼 우아하구나.

그냥 그물이라 불러주시죠.
내겐 내부가 없어요. 내부라
믿고 싶으시겠지만 그건 위장된 소리들로 엮인
성긴 구조물

모든 악몽의 뿌리는 혈관이라고,
말라붙은 침 자국을 침으로 지우며 내게 말했죠.
어느 것도 믿지 않아요. 새나가는 건
믿지 않는 게 내 주의죠.

하나의 머리로 연결된 얼굴들이
알코올처럼 흘러다니며 발목을 물어뜯어요.
그들의 이는 뿌리 하나 성한 게 없는데
잇집은 텅 비기까지 했다죠.

그러니까
모든 뿌리가 악몽이고 혈관일 수 있는 거예요.
왼쪽 근육이 완전히 풀어지고
입술이 반편으로 쏠린 노인이 띄엄띄엄 건네시는 말씀
이라면,

이 시각, 밤의 머리카락에 눈송이처럼 매달린 서캐가 하늘을 날고 있다면,

공동욕실의 파이프에는 악몽처럼 구정물이 쏟아져내리고
뒷걸음질치다 스르르 사라지는 고양이의 그물코를 보신 적이 있다면,

머리 스무 개 달린 길조

물고기가 놀고 있어요. 식기세척기 안에서
가느다란 수초 사이로
막 몸을 구부리며 빠져나왔어요.
거대한 범선이 쿵
머리 그림잘 짚으며 침몰했지만 동요하지 않아요.
환상과 나를 엮는 고리는 언제나 모호하죠.
산소가 모자란 물고기처럼
숨을 몰아쉬다 서둘러 광폭해지는 거죠.

자비심 많은 아주머니가 신선한 물을 부어주면
쏴— 우린 잠시 기절한 척해요. 유일하게
보여드릴 수 있는 개인기예요.
멍청하게 방출된 씨앗은 깨끗하게
먹어치워야 해요. 가끔은 그놈의 꼬리가
이빨 사이에서 버둥거리기도 하지만
그건 살짝 그로테스크해지려는 기미일 뿐이에요.
우리는 체외에서 수정하지 않거든요. 끽해야
몸체의 머릿수만 불리는 겁니다.
스무 개 머리통을 가진 고깃덩어릴 보신 적이 있나요?

거품이 팡팡 터져나가는 시간이에요. 인어처럼
저를 기억해주실래요?
볕 좋은 해변에서 당신을 만날 상상,
머리칼을 쓸어내,

사위는 조용해지고
세제 향이 은은하게 묻어나는 접시 위에
머리가 스무 개 달린 구운 생선을 올려놓았습니다.
엄마는 이건 길조라는 말을 덧붙였죠.

거대한 오프너

동그랗게 파낸 빵이 좋아
클램차우더가 좋아
싸늘한 바람이 좋고 바람 끝에 묻어나는 냉대가 좋아
바람 든 무는 더 좋아 무관심의 향수를 알아
당신은 그런 눈으로 나를 봤지

병실에 사는 당신이 좋아
버스가 좋아 고양이가 좋아
기다릴 거예요
고양이 버스가 올 때까지

동그랗게 뭉친 알약이 좋아서
나는 죽음을 응시한다

자연사가 좋고 의문사가 좋아
안락사는 더 좋아
죽음이 안락하다잖아
기막힌 조합이잖아

거대한 오프너이신 당신
이라 말할 뻔했어

생시의 엄마는 모두 계모야
죽은 엄마가 진짜지

죽어버린 당신이 좋아
죽어버린 당신이 좋아
죽음의 눈썹을 휘날리며
나를 보는 당신이 좋아

비만한 부인

통제되지 않은 물질이 끓어오를 때
태양은 누구의 목덜미에서 솟아오르는가 통제 불능의
검은 잠
육체를 횡단하고 가짓빛 어둠이여 나의 얼굴은
어느 방향으로 기화되었는가

너는 몇 차례 법정에 섰지?

가해의 피가 솟구칠수록
천상은 가까워오고, 축 늘어진 유방
        ……애드벌룬 두 개가 빌딩에서 풀려나고 있다.
나란한 두 점, 겹쳐지는 세 개, 아니 서른여섯, 개의 혓바
닥을 가진 말줄임표가 헐떡이고 있다.

행위는 휘발하고 그녀가 부풀어오른다.
통제되지 않는 살, 그리고 삶
……자진하여서는 무대를 내려오지 않는다.
        커튼콜은 없다. 어서 막을 내려라!

                표면적을 재지 말라, 미세먼지로
                    나는 화하는 중이다

막이 떨어진다.
늘어진 대기의 솔기가 풀린다.

주르륵 흘러내린다.

……붉게 물든 셀룰라이트 덩어리, 옥상 위로
　　　　서서히 가라앉는다. 늙은이의 몸안에
　이렇게 많은 피가 괴어 있었다니.*

* 셰익스피어 희곡「맥베스」에서 5막 1장의 맥베스 부인 대사.

라라라 나는

라라라 나는 용서되지 않는 얼룩
얼룩 위의 곰팡이 그대 삶을 부식하는 좀벌레
라라라 나는 지워지지 않는 그대의 오점
벤젠도 미온수도 밥풀도 소용없다네
라라라 나는 그대가 잡았다 놓친 한 마리 새
그대 얼룩의 망막 위에 비누 거품처럼 떠오른다지
라라라 그대 돌이킴에 빠질 수 없는 향신료 나 없인
그대 아무런 맛도 향도 낼 수 없다네
라라라 나는 그대의 영원한 착각 한때의 오해
헐렁한 작업복에 꽂힌 철없는 연장
뚱땅거리며 그대를 배회했었지 요령도 없이 뚱땅뚱땅
나는 그대의 빈 수레 공수래공수거 그렇게 왔다 갔었지
나는 그대를 향해서만 구부러진 순결한 못
코르덴 외투며 챙이 둥근 모자가 걸리기도 했었지
그대가 사력으로 잡아 뽑기 전까진
라라라 나는 그대 뇌리의 메워지지 않을 어떤 홈
그대 마음 한 자락도 걸어두지 못하리 라라라 그대 문
턱으로 가는
낮은 사닥다리를 넘어뜨린 이후론, 그 어떠한

다리 밑의 아이들

두통과 두통 사이
아버지는 다리를 놓는다.
다리 밑에는 물이 누웠지
캄캄한 물의 코를 더듬으며
나도 누웠지 이빨을 감추고
나는 노래한다.

두통과 두통 사이
후렴의 꼬리는 자꾸 불어나고,
양수 선전가의 꾐에 넘어간
아이들이 퐁당퐁당 몸을 던진다.
하멜른의 쥐떼처럼

두통과 두통 사이 벨이 울린다.
나를 재촉하지 마. 금이 간
홍채를 교환하지 않고 떠나야겠니?

구르는 공을 주워보면
동그랗게 뜬 눈알을 두 개씩 물고
웃고 있는데,

한 번 더 벽을 치고 스쿼시 공은
반대편 벽을 향해 돌진한다.
아버지의 머리 벽은 아직도 단단하다.

의자

의자가 있어 여자들은 즐겁다
즐겁게 시작하는 의자놀이
어색해 쭈뼛대다가도
막바지에 이르면
필사적으로 하나씩 끼고 앉는다

의자가 먼저
수작 붙이는 일도 있지만
혜택받은 종족의 일이니
착각 마라
염치 불구 올라타
먼저 무는 게 수다

세상에 빈 의자는 많다
보기에 그럴싸하지만
앉으면 폭삭 내려앉는 의자
음매에 울며 못살게 쑤석대는 의자 몸
뒤트는 의자 고질적으로
허리가 부실한 의자

눈 가늘게 뜬
꼰대 의자도 있다
한때 의자란 무릇 길었느니라
물 좋은 엉덩짝들로 몸살이었느니라

암만 비좁아도
불평불만 없었느니라

세상에는 별의별
의자에 대한 풍문이 떠돈다
내가 앉으면
단두대가 되는 의자
철커덩 발목을 잠그는 의자
피융 전기가 도는 의자

의자로 인해 은밀히
속삭이는 여자도 있다

  ¿어떤 의자의 쿠션일까요?
  배가 불러와요.
  다섯 살 때인가 의자가 나를 삼켰어요.
  팔걸이에서 휘휘 넝쿨손이
  몸을 감았어요.

  아직도 놓아주질 않아요.

이식제

검은 손가락이
식탁 한가운데 내리꽂혔다

성큼성큼 자라났다 가문의 영예
자랑스러운 식탁수

탕, 언니가 발을 굴렀다
탕탕 내가 굴렀다 탕탕탕 동생이 이어받았다
탕탕탕탕 선수를 빼앗긴 언니
탕타타타타-탕! 엇박자로 응수했다

하이얀 식탁보 아래
나란히나란히 이쁜 무릎들
어서어서 보세요 순결한 발목

을 뜯어내며 올라오는 검은 뿌리
사타구니마다 스멀스멀 쌀뜨물을 게워냈다

　　　식탁 밑의 그 그걸 키운 건
　　　엄마, 당신이었어!

왜 몰랐을까 찰랑이며 잎새는 노래했을까 우리들의
푸르렀나요 어금니 깨무는
침묵의 나날 건드릴수록

덧나고 마는

말 못 할 뿌리를 가졌다 우리는
공유해선 안 될 뿌리였다

초장부터 똥을 밟은 우리는
비명처럼 동그랗게 하늘을 말고 날아가는
굴뚝들을 바라보면서 우리는

오— 오— 오 악착같이
뿌리의 흡반을 닦아 세웠다

유랑 극단

무슨 꽃을 보여주랴?

마술 상자 속에 꽃이 다 떨어졌으니.

—최승자, 「무슨 꽃을」에서

그대 꽃을 보여주세요.
끝이 뾰족한 이쁜 꽃봉오릴요.
그대, 새를 날려주시죠.
솜털이 보송송한 작고 어린 새를요.

포켓에 꽂힌 하이얀 손수건을
흔드는 건 어떨까요.
그대의
트릭을 알겠어요.
그대의 허망한, 재주의 끝을 봐버렸어요.

어서 보여주세요.
자색 망토 속에 아직도 싱싱하게 요동치는
검푸른 한 자락 바다
그대 위대한 망집을

그리하시면
저는 기립박수 대신
돌아서 두
눈알을 뽑아 던져드리죠.

빛나는 그대 하직 인사를 들으며

선홍색 피
콸콸 쏟는 텅 빈 동공으로
가갈가갈 웃어드리죠.

세월

새 애인과 철로변에 서 있는데
헌 애인이 지나갔다
순간 그 헌 자위 번득거렸,
지만 순전 새로이 발병한 착각
그저 유유히 한 세월 지났다, 말해두자
동의합니까?

급행하는 화물차가 달리고
정차해도 알 수 없을 것이다
망연자실 바라볼 뿐
그 누가 알겠는가 달리는 기관사 역시
불안스레 돌아다보는 짐작조차 할 수 없는
그 무엇

저 요란한 굉음
저 불길 천만한 검은 연막을
저 질러대는 공포의 아구창으로
자, 쑤셔넣거라 한껏 되물려라
목젖까지 차올라
끄윽 끅 그 을음으로 울 것이다

어느덧 한 세월 구획을 다해
죄없는 세월이 신생한다 그 참
입덧도 없이

헌
애인의팔짱건너새애인의참신한,

가스등

　균열 없는 기억이란 없어 쩍쩍 갈라져 벌어진 입 동티 나지 않는 기억이란 끄아악 비명을 지르며 제 몸을 분지르는 분필처럼 끄아악 어제가 다하지 않았는데 오늘이라니 최초로 통과한 구멍으로 다시는 기어들 수 없다니 곧 헐리고 말 가건물의 운명이라니 그대가 찍어 날린, 둔탁한 원호를 그으며 끄아악 먼지로 바수어지는, 믿을 수가 없어 완전한 건 그대가 불러모은 필름뿐 무릎에 올라 가르릉 목을 울리다 그대 숨통 낚아챌 순간만을 기다리는 짐승처럼 혈관을 도는 피톨은 더 멀리 기억할 수 있을까 헝클린 타래를 흔들어 막 꺼진 양초가 불어넣는 브라운 운동처럼 허공으로 스밀 수 있을까 갱도마다 탄주가 무너진다 그대, 동티 나지 않는 기억이란 없는 것 모든 게 일편의 그대겠으나 그 모두를 만난다 해서 완전한 그대 만져질 리 없고 어둠이 건류(乾溜)하는 결코 가두리지 못할 저 빛, 그대는 깊숙이 잠들어간다 그 누구보다 깊어진 잠을 딛고 바람 속으로 툭툭 그림자를 끊어 넣는 것이다 분광,

제4부

길 위에 길을 업고

온통 길인데
어둠에
배 그으며 그토록 울었던가.

어두워서 몰랐지
진창인 줄로만 알았어,

우르르쾅쾅
몸을 풀어봤더니
이처럼 얼굴 가리지 않고
투성이 흙 개구진 맨몸뚱어리로
발 벗고 와글와글 달려
나가봤더니

온통 길이던데
거리로 쏟아져
천 갈래로 만 갈래로 뻗은 당신이던데

당신을 업고
흘러가도 될까요,
제 등에 업히시겠어요?

바기날 플라워

여름 학기
여성학 종강한 뒤,

화장실 바닥에
거울 놓고
양다리 활짝 열었다.

선분홍
꽃잎 한 점 보았다.

이럴 수가!
오, 모르게 꽃이었다니

아랫배 깊숙이
구근 한 덩이
이렇게 숨겨져 있었구나

하얀 크리넥스
입입으로 피워낸 꽃잎처럼

철따라
점점이 피꽃 게우며,

울컥 불컥

목젖 헹구며,

나
물오른
한 줄기 꽃대였다네.

그해 오월의 짧은 그림자

사랑을 했던가 마음의 때, 그 자국 지우지 못해 거리를 헤맸던가 구두 뒤축이 헐거워질 때까지 낡은 바람을 쏘다녔던가, 그래 하기는 했던가 온 내장을 다해 엎어졌던가, 날 선 계단 발 헛디뎠던가 하이힐 뒷굽이 비꿋했던가 국화분 위 와르르 무너졌던가 그래, 국화 잎잎은 망그러지던가 짓이겨져 착착 무르팍에 엉기던가 물씬 흙냄새 당기던가 혹 조화는 아니었는가 비칠 몸 일으킬 만하던가 누군가 갸웃 고개 돌려주던가 달려오던가 아야야, 손 내밀던가, 그래, 그 계단 밑, 아픈 복사뼈, 퉁퉁, 붓고, 화끈화끈 그게, 사랑이라며, 탈골하며, 환하게 바람, 스미던가 그래, 사랑이던가, 그 누군가는 혹.

미장하는 여자

좌르르륵 시멘트 가루가 산을 쌓으며 쏟아진다.
좌르르 시멘트 부대 주둥이가 오바이트하듯
가루들을 쏟아붓고,
바닥난 구역질로 어깨 들먹이며 나는
주저앉아 있다. 체를 쳐
돌멩이를 고르던 아주머니가 등을 탕탕
두들겨주신다. 등이 울릴 때마다
목구멍에선 꾸역꾸역 미역처럼 풀어지는
머리칼이 기어나온다. 영사막이 흔들리듯
차르르차르르 시멘트 가루가 흘러내린다.
내 혀는 시생대 고생대 화석들을 빚어내기 시작한다.
내 혀는 중생대를 거쳐 파충류를, 유인원을 토해낸다.
아주머니가 시멘트 부대를 탈탈 털고
안과 겉을 뒤집어놓는다.
내 혀가 뒤집어진 얼굴을 게워낸다.
퉁퉁 불은 달덩이가 푸딩처럼 쏟아지고
아주머니는 곱디고운
가루들을 반죽하신다. 사내들아 벽돌을 쌓아라.
제멋대로 생겨먹은 벽돌들을, 어서 싸게
내려놓아라. 어깨가 짓눌릴 때마다 천장이 아슬
아슬 높아만 가고 짓이겨진 반죽 덩어리 나는
아주머니가 머리통을 으깨주셨을 때
열락에 앉아 있었다.

하학길

쾅쾅 문 열어다오 에미다
텅 빈 햇살 더듬어
쾅쾅 문 열어다오
문디 가시나 니 에미다
헤벗어 보선발 보여주랴

야야, 가시나야
유두 한번 까보렴
곰팡이 슬었을 기다
이년아 니 에미다
쾅쾅 퍼뜩 열그라
니 배꼽 새로 감자 싹 텄다
곧 눈 뜰 기라
울긋불긋 꽃 필 기다
문디 가시나 감자떡 주랴
쾅쾅 문 열어다구

시름없이
눈썹 홀날리는데
쾅쾅 눈썹과 눈썹 사이 억장으로
억장이 무너지는데
얼굴 한번 보듬자 내 새끼
터덜터덜
공복의 하학길

텅 빈 위장 속으로 울 엄니
말간 햇살로 들어오시네

리어왕

암호를 대라,
네 패스워드는 무엇이냐.
(어둠의 개
　　　컹컹 짖어댄다)

떨리는 손으로
뇌수의 키보드를 눌러댄다.
삐익 삑— 교신 불가능
교신 불가능

아아, 희미한 망막
떨리고 꺼질 듯한 왕의 탄식
마른땅에 꽂힌다.

암호를 대라, 네 패스워드는?
(어둠의 개 달려들듯
　　　　　으르렁거린다)

망가진 키보드를 던지고
두 손, 바닥으로 떨군다.
주책없는 타액을
갈라진 손등으로 훔친다.

누구냐.

암호를 대라, 어서!
(어둠의 개
　　　　살라먹은 불 토해내고)

달빛 아래 선 늙은이
수치심에 떨며 외친다.

애 애비다 애비!
이이 이, 망할 것들

구름의 공회전

소풍날은 언제나 비가 왔죠 찍찍 분무기처럼 비는 뿌려댔어요 홀로 버스 정류장에 서 있어요 텅 빈 버스들이 씽씽 달리고 아이들은 엄마가 세워준 칼라 깃을 달고 순한 염소떼처럼 교실로 돌아갔겠죠 세탁기에서 갓 꺼낸 빨래처럼 착해지려고 결심해요 교무실에 불려갔다 와보니 남자애들이 수학 노트에다 걸레는 빨아도 걸레라고 써놨죠 걔들은 아무것도 몰라요 냄비에 푹푹 삶고 방망이로 두들겨 빨아놓은 걸레의, 그 순백의 잇몸을 구경이나 했겠어요 국어사전을 모셔놓고 '성기' 같은 단어나 찾으며 낄낄대는 애들이잖아요

저 구름떼는 흘러갈 줄을 모르는군요 아이들은 교과서를 한쪽에 밀어놓고 도시락을 꺼냈어요 가방엔 눅눅한 공기가 고여 있고 바닥에서 발기한 송이버섯들이 묵묵히 자라났어요 우리는 그걸 나눠 잡고 가지 않은 소풍을 하나둘 방목하는 거죠 나는 세탁기 안으로 들어가겠죠 핏물 섞인 비명이 덜덜거리며 흘러나오는 광경을 떠올리세요 훌라후프 돌리듯 시간은 돌아가고요 온몸이 찢어질 듯 뒤틀어지다보면, 사지는 덜그덕덜그덕 몸통을 따라 싱거운 맴을 돌겠죠

주먹이 심장에 박혀 나오질 않아요 아이들은 륙색에서 빠져나와 영어 단어를 필기하는 척 열심인데요 혼자 소풍 간 아이는 돌아올 줄 모르고 가슴을 칠 때마다 심장

이 주먹을 꿀꺽꿀꺽 받아먹어요 나는 몸이 없어도 영원
히 달리는 총알 세상의 모든 총신을 흡입하는 침착한 소
용돌이를 보았네 노래는 흐르겠지만 어머니, 당신의 다
림질 판 위에 내가 있군요 허공의 분무기는 안개비를 찍
찍 뿜어대고 이 뺨을 지그시 누르는 건 당신의 사랑이겠
죠 펄펄 끓는 기도는 너무나 뜨겁죠 묵주 알은 돌고 돌고
돌고 또 돌아가는데 주먹으로 가득찬 심장이 바람에 펄
럭일 수 있을까요

　다음 소풍도 비를 보고 말까요, 우리는
　저 구름떼는 정말 흩어질 줄 모르는 걸까요

좌(坐) 한 생각이 앉은 꽃이 되고

좌(坐) 한 생각이 앉은 꽃이 되고
등이 굽은 꽃이 되어
텅 빈 얼굴로
입산하는 남자, 여자를 보다가
작아져가는
모자의 꽃술을 물끄러미
치어다보다가

차바퀴에
흠씬 먼지 모자 얻어 쓰고
부르릉 우로 눕고
부르릉 좌로도 눕고
이제는 고만 일어서야지
하는데

바람이 밀려와
자꾸만 젖은 바람이 감겨
와—
모자를 벗었다가
와—
흔들었다가

와(臥) 한 생각이 되고
다시 좌 한 꽃이 되었다가

툭
열맬 떨구는 상수리 가지와

다람쥐 눈알이
되어
또로록 굴러도 보고,

열등생

어머니 끓는 물에 폭 담갔다 빼시다
한숨 속에 버무리시다 끌끌
혀 차시며 숟갈로 뚝뚝 끊어내시다
뻣뻣한 얼굴에 짠물이 들어와
고개 숙이다 안간힘으로 찢어지다

아버지 냉수 한 모금 들이켜시다
나는 것마다 장군이라더니
벌컥 신문 한번 꺾어 드시다
희번득 오십 촉 알전구 뒤척이다
할말 없다 나가라
그냥 나가
휙 하니 던지시다 동댕이쳐지다

큰언니 양파 껍질 벗기다
얘 잘못했다 빌어
다음부턴 잘한다 그래 어서
되려 울먹이다
타일 위 물방울무늬
한 점 일그러지다

물빛 안경알 날개 돋쳐오르다
파지직 유리창에 부딪다
퀭하니 부릅뜨고

벌겋게 식은땀 떨구며
생선 한 토막
홀로 방생을 꿈꾸다

봄 노래

자고 나니
가지는 온몸이 쑤셔,
몽우리 진 꽃들의 소란.

넓어져가는 유선을 타고
온몸에 소름이, 몽글몽글
아지랑이 온몸을 달려,

엉겨드는 바람에게 외친다.

어서 빨리 목을 감아요,
사지를 찢어줘요,
이 모든 혼돈들에 구멍을.

보이지 않나요, 도망치려는
다디단 시간들.

이 모든 구멍들에 새 꽃을.
새 노래를.
새 깃발을.

젖과 꿀이 흐르는 그대

샛노란 입술로 열리는

약속의 땅, 경배를.

다시,폭식과광기의나날

03시05분 리터초콜릿 100g,
03시50분 냉동포장김치만두 48개,
04시15분 삶은고구마 5개가
위벽을디딘순간,

구르며떨어져나는새로운어둠으로
철퍼덕열렸다
아이고여기가어디야퀴퀴한냄새
썩은도랑인가봐,쿨렁이며
조인다조이다곤죽으로조우한다
암담쿠나,추문의날들
이여정수리박으며돌진하는미래여아직
안왔는가벽인몸과벽을거슬러
개벽하는그대함께할알몸뿐인순간아직은
아닌가쿨렁이며여기는어디?
디뎌서는안되는디디는
족족후회인이미후회뿐인,
대답하라여기는어디?
철벅철벅기억의틈새로열리는천공(天空)이여
그대쓰라린위벽의기억으로덧나는천공(穿孔)이여
토할수없는것을삼키고
물릴수없는것을넘겼다그러므로
답하라여기는어디?
앞못보는지팡이여

자진하고우는지팡이여
내목을쳐다오
쉰목청꺾어가며후회하는늙은
닭이새벽을알릴것이다

자,그대와나의불결한사랑
의시작이다

봄, 뇌경색

집합한 물(들)이 외친다, 회개하라
회개하라.

이 봄은
아무것도 수식지 말라.

더러움으로밖에 씻을 수 없는
것들.

어머니, 당신을 죽인 것은
누구지요?

자연,

나는 자연을 혐오한다.
물컹물컹
제멋대로 형을 달리하는

1,650mm 구경 송수관 안에서만 집합적으로 울부짖는
물(들)이

무등병으로,
백의종군을 강요한다.

흰빛,
나는
으르렁대는 모든 흰빛을 혐오한다.

갈기갈기 찢긴 벚꽃의
시든 손톱이,
요요의 바퀴가 굴러간다.

물의 주식회사
네 간판은 많이도 여위었구나.

  악몽을 증자중입니다.
  무상입니다.

본다는 것은 견딘다는 것,
나는
날 때부터 눈동자를 갖지 못했다.

선짓빛 우물

그건 생의 첫 표적, 달리는 사슴의
목덜미에 이빨을 꽂았다.

나각의 뿔이 풀섶을 뒹굴었다.

구수하고 비릿한 선지를 뿜어내던
그의 등이 식어갔다.

가늘은 다리가 휘청거리는 꿈의 내부엔
물이 많았다. 내가 건져올리는
됫박은 항상 핏빛이었다.

문학동네포에지 007

달의 코르크 마개가 열릴 때까지

© 진수미 2020

1판 1쇄 발행 2005년 8월 6일
2판 1쇄 발행 2020년 11월 22일

지은이 — 진수미
책임편집 — 김민정
편집 — 유성원 김필균 김동휘 송원경
디자인 — 이기준
마케팅 — 정민호 최원석
홍보 — 김희숙 김상만 지문희 김현지
제작 — 강신은 김동욱 임현식
제작처 — 영신사

펴낸곳 — (주)문학동네
펴낸이 — 염현숙
출판등록 — 1993년 10월 22일 제406-2003-000045호
주소 — 10881 경기도 파주시 회동길 210
전자우편 — editor@munhak.com
대표전화 — 031-955-8888 / 팩스 — 031-955-8855
문의전화 — 031-955-3576(마케팅), 031-955-8865(편집)
문학동네카페 — cafe.naver.com/mhdn
트위터 — @munhakdongne
북클럽문학동네 — bookclubmunhak.com

ISBN 978-89-546-7043-2 03810

www.munhak.com
문학동네